# 그 섬에서
# 비올라 소리는 들을 수 있겠다

고경아 시집

그 섬에서
비올라 소리는 들을 수 있겠다

# 차 례

## 1부_

내일은 꽃이 아니라 해도 _ 11
일출 _ 12
파도 _ 14
오후 _ 16
어떤 객관성 _ 18
깨꽃 _ 21
별 하나로 내가 된 것이어서 _ 22
그 섬에서 비올라 소리는 들을 수 있겠다 _ 24
사랑이 끝나고 하는 일이란 _ 26
거미의 유희 _ 28
겁 없는 도시 _ 30
미술관 가는 길 _ 32
비 내린 아침 _ 35

## 2부 _

고왔는가 봄 _ 39
첫 사랑 _ 40
덕우드dogwood를 아시나요 _ 42
자작나무 _ 44
스타벅스 몽마르뜨점 _ 46
부부 _ 49
아들 생각 _ 50
편지 _ 52
대답하면 될는지요 _ 54
스미스 씨와 이별해야 하는 헨리 _ 57
할머니의 우주 _ 60
섬나라 청년 _ 62

3부 _

노스탤지어 마케팅 _ 69
가을색 _ 70
들꽃 _ 72
후배는 스승이다 _ 74
기장에 시집을 사러 갑니다 _ 76
차는 무엇으로 할까요 _ 79
백혜선의 라 발스 _ 80
커피 아메리카노 _ 82
초록마을 _ 84
너의 밤은 어떨까 _ 86
서양철학 _ 89
문법이 달랐다 _ 90

## 4부 _

겨울을 보냅니다 _ 95

소리길 _ 96

비의 단편 _ 98

그런 아침이 있다 _ 100

안부 _ 102

어느 봄날 _ 104

이카루스의 날개를 구상한 건 아니었어요 _ 107

따오기 _ 108

그들의 웃음은 수정되어야 한다 _ 110

엄마 시가 때렸어 _ 112

시 창작은 _ 114

플랜 B _ 116

이별 _ 119

**해설 _**

낮은 그리움으로 존재의 소리를 듣다 / 한경희 _ 123

# 1부

## 내일은 꽃이 아니라 해도

거기서 살고 싶은가

거기가 보고 싶은가

가엾은 거기서
꽃으로 깨어나

갈라진 들판이 절박하였거늘

누가 흔들어
길 떠나려는가

어디서 없는 듯 끝을 보려 애쓰는가

나도 거기 있어
어느 새 젖은 별을 헤아린다

내일은 꽃이 아니라 해도

# 일출

숯 무더기 여럿 꿈실대는가 하더니
졸다가 지피다가

조바심을 내는가

낮은 하늘 벽
고스란히 무너지나 싶었는데

화다닥
운해 가르고 만 불덩이

욕되지 않게 찢어버린
단단한

저 기막힘

전율

이슬 아래 숨죽였던 풀잎은
은빛 왕관을 이고

지난 밤 찌꺼기는
어쩌면 만져지지도 않는가

# 파도

포말이 눈 가까이 왔다

손잡이를 잡지 못했는데
버스가 출발해 버렸을 때처럼
어지러웠다

보태도 보태도
늘 같은 삶

달력에 줄그어 기다리지 않고도
불쑥
어느 날
우리를 부르는

세월이란 것에
금 그어 있는 것처럼

단단하게
버티고 있었다

살아내고 있는 것이었다

어떤 침묵이
이처럼 따가울 수

묵묵할 수 있을까

# 오후

희뿌연 곰팡내 서려

건드리면 버석하고 눌러앉을 것 같은 종잇장

눌러 보았다

아

시였네

못 박은 금서가 아니었네

기어이 혼자가 되어야지 한 건 아닌데

소문 듣지 않은 날

봄물보다 더 붉은

그리움이 벽처럼 밀려 들었다

오후에

어여쁘신 그대가 불쑥 오시면 좋겠네

# 어떤 객관성

노팅 힐의 난장 옆
그 곳에는 절대 어울리지 않을
꽤 세련된 색깔의 파란색 대문이 있습니다
그 집 주인은 서점을 하고 있습니다
소개팅에서 만난 그의 피앙세는
떨어진 과일만 먹는다고 합니다

보스턴 체스넛 힐에는
사랑의 메신저가 있습니다
스물세 살 된 그의 주인은 다른 이야기는 잊어버렸습니다
메신저의 주 종목은 꼬리 흔들기입니다
그의 이름은 헨리입니다

터널을 지나고
흰 평원이 펼쳐지면
가와바타 야스나리의 설국이 시작됩니다
도쿄 남자 시마무라는 눈 고장 온천에서
어린 게이샤를 추억합니다

대구 수성교 뒷골목
대도양조장이라는 수제 맥주 가게에는
김광석이 불러 모은
팔도 사투리가 거품처럼 엉기곤 합니다

우리 집에는
물을 먹는 거 외에 달리 할 일이 없는
깨알 꽃을 피우는 베일이라는 식물이 있습니다
하필

모르는
굳이 물을 필요 없는
물어도 딱히 정답이 없을
연유로
연일
동네마다 장이 열립니다

뭉게구름이 연하다가
서툰 가을비처럼 뜨겁지 않을 때는

파헤치고
밀어내고
흔들리고 흔드는

지구촌 장터는
내일이면 비바람에 흔들릴
들꽃 같은 이름표를 붙이고 버스킹을 이어갑니다

그래서
모두는
뻔히 떠밀려가고 있습니다

# 깨꽃

깨꽃이 하얗게 피었습니다

슬픔을 끝마친 듯 웃고 있습니다

행복해 보입니다

## 별 하나로 내가 된 것이어서

천문대 가는 길에
꽃피운 흔적은 보이지 않았다

별이 보이지 않았는데
별 볼 일 없는 몇이 커피를 홀짝이며 오른 때가
한 낮이었으므로

다 늦은 밤
숨어있던 별들을 눈썹에 매달고
사무치는 이름들을 불러 보았다

어떤 것은
흔적을 뚜렷이 하거나
가지기 버거워 바다에 던지기도 하면서
그러나
근사하지 않은 슬픔들이 일제히 파래졌는데
울고 싶었던 것이었을까

호박전을 먹으러 가던 날
그 옆 어디쯤 부스러지듯 별들이 쏟아지던 곳

그 아래서
밤새
어머니를 그리워했다는
그런 어슴프레한 이야기가 덧대어지길래

그 날
무어라 건네지 못하고
소쿠리에 묻은 호박 살점을 낯설어 했다

별 하나로 내가 된 것이어서
엄청나지 못한 것일까

담벼락 허리만큼은 아니더라도
그 어렵던 눈물에

다가갈 수 없었던 것일까 오롯이

# 그 섬에서
# 비올라 소리는 들을 수 있겠다

남쪽 끝 어디
섬 하나 발견해서
이름도 없이 둘이서 살아보자

한번만 그렇게
둘이서만 살아보자

쏟아지는 별을 가슴에 안아야 하는 것도 아니며
긴 세월 지새자는 뜻도 아니다

목이 긴 새들이 울어 옐지는 모를 일이나
아무리
고독을 엿보이려 쉬었다 가겠는가

그 섬에서
비올라 소리는 들을 수 있겠다

이미
우리 사랑이 자리를 틀었다면
저 무수한 별들은 무슨 재주로 눈 감을 것인가

어깨 위로 떨어지는 노을은
어느덧 노을로 깨달아

낮은 곳에서 높은 곳으로 날으는
건실한 울림도 내지 않아야 하는 것

꽃들이 바람이
또 기웃거리다 흔들리는 이야기처럼 날아가리

그 섬에서
단 둘이서만 산다면

비올라 소리는 들을 수 있겠다

# 사랑이 끝나고 하는 일이란

황사로 덮인 강
언제 저 뿌연 강을 디디고 디딜까
안도할까

꽃 같은 사랑이 끝나고 하는 일이란
하루도 빠지지 않고 우는 것이다
달빛에 입술을 묻어보는 것이다

검은 입이 되는 것이다

스스로 친 올무가
섬세하게 몸부림치면서
또 어떤 채비를 하더라도
잠 든 들풀의 고통을 눈치채지 못하는 것이다

반복으로
길들어진 매듭을 시시하게 풀려고도 하지 않는다

하얀 비가 내린다 하더라도
어색하고 분별이 없을 것이므로

시 쓰는 곳으로 걸어가는 것이다

검게 앓았으므로 더구나

# 거미의 유희

거미의 유희보다
슬픈 것이 있을까

줄을 쳐 놓고 먹이가 걸리기를 기다리다가
이번에는
다리에 줄을 감아놓고 지나가는 곤충을 낚아채 보는
여러 몸짓

머리 가슴 하나 된 곳에 여덟 개의 도드라진
그 비상한 눈이
비린내 나는 몸 냄새를 절대 눈치 채지 못하는 것이며

별채의 움푹한 틈새에서
홀로된 거미들은
선물을 하거나 춤추며 구애를 한다는데

끈적한 시절에
무리들이 피어나

지천 해로운 것은 다 걷어내고 건들바위처럼 건들거리다
더러
꽃 피어야 할 찻잔에 모여
허물벗기를 한다

허물 벗은 구멍에 다리는 왜 집어넣는지

기진맥진하여
죽어 나가기도 한다는데

하필
사냥을 여기로 왔을까

왜 그래야 하는지 알 것도 같은

거미의 유희는
어쩌면 슬프지 않은 것이 아닐까

# 겁 없는 도시

홀로 화려하다

미끈거린다

적해초처럼 엉켜보자는 내심은 아닐 것이나
겁도 없이 대들어 댄다

범어동 59층 마천루

인디언 약초로 만든 화장품을 발랐다가
밤새 냄새에 허덕였던 때처럼
얼얼한

바벨을 본뜨고 있구나

거처를 도려내고
젖은 낙엽들이 비린내를 내고 있는
거리를 머뭇거린다

보헤미안의 사정을 살피려는 건 아니다

우둔한 불편들을 채는 것이다

별이 떨어져 흙 속을 비치는
반쯤 들뜬
저녁

찾아내었다

죽을 듯 살 듯
마른 풀꽃마저 정스러운

여기
조금 더 하늘이 높은 곳에서
아이처럼 웃어보자 다치지 않으리니

겁 없는 도시여 부디

## 미술관 가는 길

연꽃이 있었는지는 모를 일이나
겨울이었으므로

소장품 100선 전

전시장에 화강암을 들여놓은
리처드 롱의 설치작품 '경복궁 서클'은
극자연 냄새
벽안의 노장은
헐거워진 괴상으로 하필 고궁을 재우려 했던가

반복을 이야기하는 물방울무늬
다만 아픈 점들
'호박'은 야오이 쿠사마의 병실 햇살을 옮겨 놓은 듯
따뜻했다
오후의 바다 같았다

에포케의 철학을 구현한 정점식의
'가는 봄'은 문학이었다

누군가
문학이 봄이 슬프다 했는데
'가는 봄'이 있으므로 들썩여서

설레어 멈춘 자리
미완의 유작 '노적도'
진채(塡彩)로 오방색을 품은 박생광의 그림
미완의 이유가
분명한 이유가
들판의 풀잎처럼 파랬다

제주 바다에서 게를 잡아 끼니를 때웠던
이중섭은
게들에게 미안해서 게 그림을 몇 점 그렸다는데
아내 마사코는
그를 다정한 봄처럼 안아주며
달이 차암 곱네요 했으려나

대가들에 맞선

패기만점 젊은 작가의 아내인 듯한 이가 보낸 화환
여보 축하해
그런데 집에 쌀이 없다

돌아서는 미술관에
연꽃은 없었다
발아래 마른 잔디가 싹을
내밀고 있을 뿐 영광은 없었다

어디쯤에서
젊은 작가의 아내는 웃을 수 있으려나

## 비 내린 아침

시큼하고 들큼한 내음
윤기 도는 도로 빛

손바닥에 올려놓은 녹차 잔
도르르 말린 참새
혀가 풀리고

모진 말 한마디에
캄캄하던 내 속의 어둠

시나브로 열어진다

흐려서 밝아지는

잿빛 평안에
저절로 낮아지는 아침

# 2부

# 고왔는가 봄

녹물 털어내고
창문 고리 풀었더니

저기 산에
참꽃이 수줍고

개암나무 이파리는 순을 내어 초록이다

누가 저리 연한 꽃들 내미는가

홍매화 터지는 신음 끝에

고왔는가 봄

# 첫 사랑

잡풀 남루하던 푸서리 길

별이 파랬다

그 사람이
앞서 걷다가
잘 따라오는지 손 흔들어 보이면

나는 배시시 웃고 말았다

들릴락 말락
그가 뱉은 말

빨리 오지 참

꺾어 준 들꽃에 가린 얼굴이
발그레해졌는데
실비라도 한 자락 내려 주었더라면

말라 꼬부라진
제법 긴 꽃대 하나가
해가 기울어져 까매질 때까지

저 고운 길에서

걷다가 서다가 중얼대다가

# 덕우드dogwood를 아시나요

보스턴에 봄이 오면
덕우드의 향기가 녹아내려 골목길은 천국이 된다

왕실의 여인처럼 우아한 자태
비길 데가 없다

혜란강이 감아도는
비암산의 일송정을 어쩌면 조금 닮아 있을까

겨울 가뭄이 지나고
장마가 지루하던 어느 해 봄

레드, 핑크, 화이트
색깔별로 사다 심었는데
싹이 돋을 듯하다가 말라버린 레드는 결국 떠나고

핑크와 화이트만
서로의 빛나는 얼굴 들여다보게 됐다

술렁이는 바람에 슬쩍 허리를 가누거나
그때마다 피어오르는 은빛

그 꽃내음에 눌려 그만 죽어도 좋겠다 싶었다

그러다
문득 눈에 띈 마른 가지

짧은 생애에 너무 많은 괴로움 겪었을
그의 심정

헤아리지 못하고 그저 향기에만 취했던 건가

환한 빛 뒤편의 그늘
웃음 속에 숨은 울음 채 보지 못하고

그해도
나는 그렇게 보스턴의 봄을 새고 있었다

# 자작나무

인기척이 없어서
생명이 아닌 줄 알았다

빛 따갑고
바람 잔잔해지면

은빛 머물던 마른 슬픔
사라지고
녹색 생살 돋아나 어여쁘단다

여우비에 치맛자락을 적시고
가을날 별들이
속내를 다독인단다

겨울을 걷기 위해
잠시 쉬어갈 뿐이라는 바람의 전언

알아듣기 전에는

그저

죽은 줄만 알았던

## 스타벅스 몽마르뜨점

몽마르뜨 언덕에
스타벅스가 들어온다는 소문

남의 땅을 내 것으로 하기?

주민들이 퇴치금 마련에 애썼으나
가당치 않아
스타벅스 몽마르뜨점이 그만 탄생하고 말았다는 이야기

상생법 작동의 기준은?
만든 이유는?

어쩌고 해 봤자 소용없었고
버젓이 그 언덕에는
초록 눈을 가진 세이렌이 버티고 말았다

그 때
소나무가 좋았던 건 사실이어서 기어코 확인해 본 바
금이 간 항아리에 틀어 앉은 고작 네 그루

버터냄새 짙은 삐갈거리에
가난한 여백이 판을 치고 있었다

집 앞 드나들 정도는 아니어도
에스프레소 따끈한 줄기
혓바닥 해진 사이로 여태 지지치 않고 흐르는
저 끈적한
르 콩슐라

물빛 물랭루즈

부자였으나 지금은 조그마한 벽돌집 수녀원 옆 포도밭

파리 코뮌은
한 점 허투루 할 수 없는 너와 나 우리

문명은 지켜주는 것이라는데
도톰하게 유리를 껴입은 저곳은
자주 번들거리는가

무슨 수를 쓰는가

몽마르뜨 언덕에
번지 하나 꼽사리 뜯은
참 어이없는 아메리칸 커피가게

# 부부

눈보라 살에 데인
시래기처럼

달그림자 흔들어놓은
뒤안처럼

시들어도 잘라내지 못하는
꽃대처럼

흐릿한 서로는 마음으로 몸을 안고
살아간다

같이 산다

## 아들 생각
— 버터 더 필요해?

군대에 꼭 가야 해? BTS의 연습은 어떤 스포츠보다 눈물이 있을 것 같아. 훈련소리 내다가 목소리 이상해지면? 춤은 또 어떡해? 저녁을 먹는데 아들이 질문을 넣는다. 연설을 한다. 한국 축구대표로 올림픽 출전이 꿈이었던 아들은 청년이 된 지금에도 손흥민 티셔츠를 깔별로 걸어두고 월드컵 같은 빅 경기가 있는 날, 그 중 하나를 골라 입는다. 손흥민 선수가 3주간의 기초군사 훈련에 들어가던 때는 친구에게 전화를 걸어 긴 시간 한국의 아픔을 설명하던 아들이다. 두 동강 난 사연 많은 나라 이야기는 5살이 되던 해 여름, DMZ 안내원으로부터 일러 받은 뒤로 잊지 않고 있기에. 북한의 핵 소식을 접하는 날은 나를 꼭 껴안아 주었다. 할머니도 슬프겠다 그치? 아들이 할머니 하고 꺼내기만 해도 나는 코끝이 아프다. 저녁메뉴가 립아이 버터구이였는데 BTS의 "버터"가 빌보드 차트 1위여서 생각난 것일까? 말 나온 김에 아예 끝을 내자는 승산일까? 맘, 내 말이 잘못 된 거야? 아들이 톤을 낮춘다. 글쎄 기준이 뭘까? 버터 더 필요해? 유별스레 그 날은 버터구이가 혀 안에서 살살 녹았고 어떤 대답도 아들에게는 납득될 수 없었던 터, 버터가 고소했던 날 저녁, BTS와 군대와 버터 이야기는 제법 길게 이어져 갔다. 38선이라는 부정적 인 경계 때문일까? 한 마디는 왜 꼭 하고 싶었던지. 군대를 왜 안 가야 해? 대통령되고 싶으면 어떡해? 맘, 버터 더 필요해 쏘 쏘 딜리셔스. 우리는 서로 입이 맞물렸던 게 다행이었을까. BTS의 군대 이야기는 더 이상 이어지지 않았고 아들의 질문도 끝이 났다. 그 날 TV에서는 아메리칸 아이돌이 방영되고 있었고 식탁 위에는 립아이가 한 점도 남아 있지 않았다. 그치? BTS가 없으면 너무 쓸쓸할 것 같아. 사람들이 다 잊어버리면 어떡해.

## 편지
— 사랑하는 딸에게

지나간 시간에서
어서 나왔으면 해
어쩔 수 없이 밀려가야 한다면 더 아플 것 같아

호흡이 길면 듣는 이가 힘들 수 있는데
그럴 즈음이라도 스스로 나무라진 말아
말없이
기다려주는 이도 있을 테니까

바람이 머물거나 흔들리거나
들판은
멋대로 습관을 쌓아 가는 곳이니
그 쉬운 표정
그것을 배워보면 어떨까

만나게 되지 않을까

호흡하게 되지 않을까

편지가 되기도 하겠지

어느 것이나
길어지면
얇아지고 작아져버리는 것

다음을 위해서라도
늦지 말아야 하는 것이고 지금이어야 한다

엄마
사람들은 어떤 일이 틀렸을 때
화를 내어요
틀리면 친절하게 가르쳐줘야 하는 거잖아

사랑하는 딸아

너의 고운 노래는 틀리지 않아
너에 대한 모든 건 멀리 두지 않을게

곧 봄이 올거야

# 대답하면 될는지요

눈을 타고
고향소식이 내려옵니다

샛바람에 개나리가 몸살을 앓고
새내기들은 토끼처럼 뛰어다닌다구요

우리 딸 많이 컸네
많이 컸네

첫 교복을 입혀주시던 날
새하얀 칼라에 얼룩이라도 베이면 어쩔까 나는
워낙 목을 빳빳이 세웠더랬습니다

그 날
엄마 치마에서는 김치 향내가 솔솔 피었지요
첫 아이 가졌을 때
그 향내가 머리에서 떠나지 않아 온통 애를 먹었습니다

켜켜이 배내옷 꾸리시고 이역에 오신 엄마는
입덧으로 어눌해진 딸을 안고 우셨습니다

손녀아이 심장에
구멍이 있다던 의사가 원망스러워 우셨습니다

아이는 세 살이 되고서야
고른 숨을 뱉기 시작했는데

됐다
이제 됐다
첩첩이 구겨지셨던
엄마의 심장은 아직도 까맣지 않으실까요

눈은 짙어가고
엄마를 보내드리고 싶지 않습니다
엄마도 내 마음 같으시겠지요

바보같은 헨리는
눈 위에서 정신없이 뛰고 있습니다

눈이 녹으면
봄볕은 다시 따사로울 테고
나는 선크림을 듬뿍 바르면 될 일입니다

긴 세월 이국에서 외롭지 않았나요
누군가 물어오면

살다보니 살아졌다고
대답하면 될는지요

엄마가 보고 싶었지만
엄마를 해야 해서 참아내야 했었다고

대답하면 될는지요

## 스미스 씨와 이별해야 하는 헨리

그가
둔탁하게 나부끼면 헨리는 현란하게 짖어대곤 했다
그 영롱한 눈을 두리번거리지도 않았다

이런저런 연명이 아니라면
아예 골프장에다 집을 짓고 싶은
그는
비스킷 몇 개로
기어코 헨리와 친구가 되고 말았으니

언제는
제법 많은 해산물이 남해에서 배달되었는데
김치가 참 많이도 왔네요

아
저 다정한 단어마저 기억해 웃어주던

20여 년
체스넛 힐 굿노프 로드를 가르던 집배원 스미스 씨

그의
은퇴가 이 계절에 맞닥뜨려 있고
우리는 그와 헤어지기 몹시 싫다

골목길 여기저기 비에 젖은 포스터
WE WILL MISS YOU

몽블랑 둘레 길을 걷는다는 팔자 좋은 강아지들 소식은
나만 알고 있어서 다행인가

친절한 스미스 씨가 머무르는 길지 않은 시간
굿노프 로드는 숨은 듯 보이지 않는 하얀 우주

헨리가
도통 말이 없으니
나 혼자 저리 아는 것인가

그를
스미스 씨를

여름 무렵에는 그만 보내야 하는데

그 이별을
또 나만 알고 있어서 아직은 다행인가

다음
헨리는 어찌 할 모양인가

# 할머니의 우주

어린년이 속살을 드러낸다고
손녀딸 민소매 블라우스를 아궁이에 던져버린
다음 날에도
삶은 강냉이를 치맛자락으로 감추다가 실례를 했습니다

장롱바닥이 홍건해졌는데도
따끈한 강냉이 땜에 속살이 놀랐다고
희한하다고

또각거리던 빨간 에나멜 구두는
먼지에 눌려 어눌해지고
서러운 곳을 적셔내던 녹차는
한 자락 마른 풀 나부랭이입니다

그 쌉쌀한 단 맛은 어디로 갔을까요

마루 끝 햇살을 비집고
장롱 안에서
잠에 드신 할머니

할머니의 오후가 심상치 않습니다

열여덟에 시집 온
호두나무 장롱에는
새색시의 수줍음이 헤아릴 수 없이 부풀어 오릅니다

그러길래

몸을 비틀고
신음소리를 내고
다리도 뻗어 보는 거겠습니다

팔색 우주

할머니의 호두나무 장롱은 늘 화려했습니다

그 곳에서 노란 진물이 흐를 때까지

# 섬나라 청년

섬나라 청년은 섬세했다

생선은 부패하기 전
바로 그 시점이 혀 안에서 감기는 때라고
신입생 환영파티에서 스시 한 점을 접시에 올리는데
나타나서는 불쑥

눈썹이 진한 것 외에 탐지된 것은 없었다

첫 시간
옆 자리에 앉은 인연으로 튜터tutor를 자청했는데
아니 일부러 그랬노라고
또 불쑥

마주치면
품에 넣었던 캔 커피를 숙고도 않은 채 꺼내놓았다
눈빛은 늘 커피만큼이나 따뜻했다

가을 학기가 시작되고 얼마 지나지 않은
단아한 오후

얼마를 만지작거렸을까

그가 구겨진 편지를 건네고는 이내 일어났다
마시다 만 녹차에는 아직 뜨거운 김이 감기고 있었다

우리는
왜
각자의 나라가 있는 건가요……

아고리와 마사코의 사랑은
지극히 제한된 것이었는지도 모른다

혐한이란다
그 곳 국수주의라는 자가 뉴스에 나와 눈을 부라린다

지금 요시다는 잘 있는지

그립지는 않은지

여자의 나라
멀고도 가까운 나라를 저들처럼 턱없이 밀어내고 있지는
않은지

하이쿠를 외우던 시절

그 계절에 그가 없었던들
그 곳은
단지 우울한 하나의 섬이었을 뿐

이따금 그의 시를 접한다
섬세하고 따뜻한

그러나
선천적 고독을 그림자처럼 내치지 못하는

그를

만나
차 한 잔 할 시절은 다시 올 것인가

각 자의 나라는
만연한 땅에
유독
두 나라만 세게 튀기어 내는 걸요

서로가 착하다면 얼마나 좋을까요

장미꽃이 성급하게 어우러진 찻잔을 들고 여자는
혼잣말을 한다
그가 어색하게 웃었을 때처럼 불쑥

# 3부

## 노스탤지어 마케팅

무거운 곳과
깊은 곳을 가리고

엄격을 더하기 위해
가벼운 것은 터치 않으려 했다

안경 낀
그대의 눈이 더 깊었던 것처럼
가치지향은 넣으려 애썼다

줄무늬 차양으로 빛을 가려
바로 바래버리는 건 하지 않으려 했고

함부로 잊으면
안 되게 하려고
노스탤지어 마케팅을 하려고 했다

이제는
그립지 않기로 했다

## 가을색

갈참나무 잎새가 서걱거립니다

아우르던 때가
먼 계절의 이야기가 아니었는데

잦았던 시선들 눈 돌린
어느 날

바람을 가슴에 안고
털썩

주저앉아버립니다

받아들인다는 것이
뭔지는 알기나 했을까요

앉아버린다는 것이
그리 만만했던 건가요

바람을 안고
마침내 무너져 내린

가을색

유별스레 서걱거립니다

## 들꽃

들꽃 피는 소리를 들었기에
들꽃이 좋았습니다

마른 꽃대 몇이 쓰러지면
그 아래 가만히
서리 딛고 피는 복수초는 꽃잎부터 내지릅니다

곁에 누운 크로커스 하품을 물고
술패랭이 코끝이 발그레 돋습니다

여름 들판이
고스란히 밤을 새운 듯
쥐똥나무
눈썹이 새하얗습니다

가을을 견딜 수 있을까

방금
꽃댕강나무 낙엽소리를 건네다 지나갑니다

그 등에 업히면
갑자기 들꽃이 될까 어쩔까

서리궁은 혹독한 시절에 웃으려고 선불리 반짝이지 않는데

가지런한 생명
저리 고운 습기

어쩔 줄 모르겠습니다

꽃 잠든 지난겨울에는
눈꽃을 보려고
꽃 진 꽃대는 자르지 않았습니다

그 눈꽃 속에서
다투는 소리가 새어 나왔습니다
새 봄 부르는 어린 들꽃들의 반란이었을까요

그렇게 들꽃들입니다

# 후배는 스승이다

밀 익는 오월이면
성주사는 후배가 참외를 보내온다

샛노랗게 선이 고운
성주 참외는
무르지 않아 사근사근하다

살갗을 반반하게 해 준다

맛있게 드시라
수줍은 인사를 건네는 후배

늦봄의 아늑한 마루에 앉아
이 달달한 맛을
넘기지 않으면
여름에 들어설 수가 없다

벼 익는 시월이 오면
목이 따끔거려 뭘 잘 못 삼키는 선배에게
꿀을 보내야겠다

선배는 이렇게 답을 할 것 같다

이 달달한 꿀이
배달되지 않으면
겨울에 들어설 수가 없어요

후배는 스승이다

## 기장에 시집을 사러 갑니다

그 동네 커피는
목 넘김이 싸한 게 치렁거리지도 않고
마알갛고
꽃잎 하나 맹물에 동그라니 앉아 있는 양
단아한 게
착 감기는

이유였습니다

번거로워 지워내기도 하는데
어두운 그늘아래
염치없이 도드라지는 이끼처럼 이유들은 곧 늘어나곤
하는 것이지요

기장에는
고급 호텔이 있습니다

주변 해안로에
엄마를 닮은 천 쪼가리들이
먼나무 가지를 부비며 푸른 시절을 보기도 합니다만
뿌옇습니다

아래층 서점 어딘가
그다지도 멋진 시를 쓰시는 분의 시집이 놓여있고
저 시집에서는
그대, 내 목마름이거나 서글픔*이라 했습니다

바다냄새가 납니다

바다가 묻어 있습니다

여정이 푸른 곳입니다

지난 밤
기장에 불이 났다는 소식에 잠을 뒤척인 것도
서점의 안부가 궁금해서였습니다

그 많은 책들이 사라져 버린다면 엉엉 울 것만 같았습니다
다행히
웃었습니다

내일은
그리운 기장에 시집을 사러 갈까 합니다

기장은 이유입니다

* 이성복 시인의 「라라를 위하여」에서 가져옴.

## 차는 무엇으로 할까요

채송화에 볕이 들게 하려면

어떻게 해야 하는지

알게 되었을 때

이미 빌딩사이로 해는 숨어버렸습니다

할 수 없는 일에는 단단히 포기당하기로 했습니다

은근히 아름다운 실수입니다

보이고 싶으니

어제의 내가 아니니

해거름에 당신의 동네에서 차 한 잔 하면 어떨지요

차는 무엇으로 할까요

히비스커스 블렌드 티 어떠세요?

# 백혜선의 라 발스

여고동창들이
쏟아지듯 모여든 콘서트

후배 하나가
거장 피아니스트 몇을 들먹이며
오늘 연주자도 그 중 한 명이라고

이 분의 연주는
깊은 철학적 사색 위에 지어진 조각 같다고

사색 위에 지어진 조각은 무대 밖에서 굴렀을까

천둥이 치고 폭풍이 일었다
피아노가 천장 끝까지 오르내렸다

온갖 광기가 기름처럼 끈적였던 라벨의 라 발스

그 날
백혜선은 펄펄 날았다

발그레해진 코끝을 문지르던 후배

사람 맞아요?

사람 백혜선은
고여 있기 싫은 사람이다
고여 있는 사람을 떠안고 피아노에 앉는다

풀어 헤친다

깊고도 투명하다

리스트의 위안으로 가지런히 호흡하게 한다

모두는
되살아난다

## 커피 아메리카노

붉은 껍데기가
연두를 품었는데
연두는 물 속에서 푹신한 스펀지 같은 걸 내던지고

볕을 쬐면 파랑으로
볶아대면 말랑한 기름때를 벗어내고 까망이 된다나

무리 중에
세게 빤질거리는 놈들이
차례를 기다릴 새도 없이 뒤집히고
까발리다

울컥 토해내는 향

코 언저리에
들꽃이 출렁인다

쏟을 뻔했잖어
아이 참

누굴 때리며 웃는 버릇이 있는 나는
그 날도 여지없이

흰 스커트 까맣게 물들일 뻔했다고 찌푸리던
너는

커피가
고즈넉한 오후의 볼륨이 아니었던 것 같다

재스민 향 풀어내던 꽃수레는 절대 아니었던 것이다

푹 꺼진 소파에서
아득한 저 하루를 읽어내며

커피 아메리카노와 하루를 풀어내는

# 초록마을

사랑은 더 많이 하는 사람이 지는 것이라는데

내가 알고 싶었던 것은

기다려도 오지 않을 사람을 기다리다가

다음 심장은 어떻게 뛰고 말 것인가 라는
카프카적 물음

저 어두운 행간을
기막히게 읽어내야 하는 것이며

시들어버린 시간을
자세히 기억하지 못하는 풋나물의 풋풋함이었다

이겨야 하는 것인가

지는 것이라고 누가 웃어주어

얼마 전까지 멀쩡하던
저녁잠이
아무 일 없었다는 듯 아무 일 없는 듯

납작하게 내려앉으면 될 일이어늘

내 마음 속 초록마을에서는

# 너의 밤은 어떨까

인도 어느 외진 섬에는
세상 헌 옷들이 켜켜이 쌓여 간다는데
그 나라는 왜 헐거워진 그것들을 받아 안는 것일까

가난이라는 거
그건 우리 곁에도 있는 거잖아

옷들이 추위에 떨지는 않을까

아니
땡볕에 하얗게 바래지겠다

아니 아니
몇 나절이 지나면 슬그머니 당기기만 해도 찢어지지
않을까

어디서 자라다 온 염려가 달라붙고
그새
어둠 속 채송화는 은빛이라 해두었다지

꼭 같은 날
같은 빛이어도
다시는 그리 않으리라 하겠지만 그건 모르는 이야기

너의 밤은 어떨까

비 내리고
잠 못 이루는 밤은 더욱 어떨까

비 맞으러 갈래?

알려지지 않은 지난 9월을 가벼이 넘기진 않았으리

아
푸른 꿈은 불리하다 했었지

비틀거리다
온도 다른 새벽이 열리고
각자의 방법대로 또 하나 버려야 하는

낮에는 번지지 않을

너의 밤
나의 밤

# 서양철학

반복이 염려되지만
결국은 좋은 것을 담아 안는다

그 좋은 것을
개의치 않은 척
억지로 개념을 만들어 내지도 않는다

말하자면
얼룩이 너덜해 보이는 것은
그 나무 아래 있었기 때문이라는 것이며

흐리지 않아 분간은 되었으나
개운치는 않는 것이고

결국은
우울할 수도 있다는 것이다

흐리지 않은데 왜 우울할까
이러지 않는다는 것이다

# 문법이 달랐다

염자꽃 진 자리

빛이 들어 순하게 감기고

저 매화동 사람들이 멈추어보라 이른다

이야기는 늘 가난했다

누구의 것인지도 모를 시시한 사연들이 가로로
늘어났는데

두툼했다

해바라기 씨가 제일 싫은 어느 모난 새처럼

저고리 끝동에 입술을 대고

다시는
다시는 두 번 다시는

흐느끼며 조각내던 설움

오후처럼 들여다 볼 사랑이 어디 흔하랴만

문법이 달랐다

# 4부

## 겨울을 보냅니다

냉대의 거리를

침묵으로
쉬어갈 뿐이라는 겨울의 전언

혹여
당신이 늦게 오시더라도

나는
여기 오래 머무를 거에요

겨울 속에 있을 거에요
내내

# 소리길

소리를 밟는다

도토리 떨어지는 소리
갈나무 잎사귀 입술 비비는 소리
입 없는 바위 끌어안고
피어오르는 물소리
구름을 묻힌 부리로 빗는
새소리

밟는다 천길 만길

흐린 구름 가른 햇살이 피우는 들꽃의
숨소리
낡은 기왓장 아래 대장경 외우는 고색
풍경소리

산사에 가을 여미는 소리

발등에 얹혀
저절로 걸어가게 하는 산길

가야산 홍류동 속옷 속
숨은 소리길

# 비의 단편

단독자가 되었다

하늘은 버려지지 않았다
스스로 눈 감은 것이다

머리카락을 스치고

블라우스 단추를 때려다가

가뿐하게
발등 찍는 소리

길 잃은 무리들은
성실하게 흙을 찢으며
저수지를 만들고 있는 게 분명하다

빛이 들면
또 하나의 우주를 연모하여 떠날 테니

그 자리에는

일시

관세음이 머물 것인즉

# 그런 아침이 있다

안쓰러움 따위를 말하려는 건 아닌데
그림자가 길었다

한동안은
저 참나무 눈에 넣고
이제 이어갈 아침을 반기기도 하였으니
그 센 속은
원래
잡목으로 갈라서지 않았기에

뒤집기를 하니까
뜨는 일이 대수롭지 않았다

여러 던진 것 중에 가물거리는

잔뜩 벗겨놓은

무른 새벽은
원래 찬 것이어서

가끔은 물러나기도 해야 하는 것

바짝
물러난 나는

무엇으로 하루를 가져가야 하는가

# 안부

태풍으로
문짝이 들썩거릴 때쯤
날아든 문자

냉장고 붙들고 자라
바람에 날려 갈라

떡가래 뭉텅이
삶은 무청
제법 단단한 조기 타래

마침
속 채워진 냉장고

급한 일로 서울 간다던
선배는
한강다리서 차가 흔들리지는 않았는지

일순
바람은 주춤해졌는데

여름 밤 안부는 여태 뜨겁다

잠 못 들게 한다

우스워라

## 어느 봄날

어느 봄날
두 사람은 만났습니다

어느 별이 그리 고왔을라고요

연분홍 치마를 입은 여자가 카페에 들어서자
먼저 와 있던 남자는
봄이 왔네 화사한 봄이 왔네 찰찰 웃었습니다

저절로 달뜨는 마음

얇은 블라우스에 비치는 속옷보다
꽃무늬에 감춰진
여우꼬리 처질까 여자는 걱정이었습니다

까만 밤 만개한 벚꽃 아래
연분홍치마가 탁 튀지 않아 여자는 속상해 했습니다

그러나 그 날 밤 남자는
연분홍 치마를 입은 그대는 벚꽃보다 고왔노라고
목 빼고 기다리던 봄이었노라고

벚꽃이 날리고 있었습니다

집 앞 정류장
배추색 통 큰 바지를 팔락이며 젊은 사람 몇을
새치기하여
버스에 급히 오르던 남자
그 남자

—진짜로 이뻤어
너무 착했다니까
이쁘고 착하면 끝난 거잖아
내가 잘했어야 했는데

남자의 첫 사랑 타령은 봄 끝자락 낯선 비바람처럼
실룩거렸고

여자는
서둘러 어느 봄날을 벗겨내었습니다.

모든 청춘은 거기 있었고 간단하기도 했습니다

## 이카루스의 날개를 구상한 건 아니었어요

실수는
혼자만 하는 게 아니라지만

노출심한 여자의 치맛단처럼 간단하지 않았어요

사랑하는 여자는 거짓말을 하면 안 되고
그 여자에게 거짓말을 하면 안 된다는

지분

결국은
배제의 원리가 아닌 거냐구요

가까스로
이카루스의 날개를 구상한 건 아니었어요

그냥 초기화 할까요

피곤해요

# 따오기

우포늪에서 따오기가 소리를 내었다

처량한 울음이
동그랗게 피었다 사라졌다

금방은 아닐 거야
다시 날갯짓이 시작되면 골풀들은 비켜나겠지
워낙에 솟아 오를거니까

따오기의 성격을 검색하며 기다리자
기다려주자

휘파람으로 은은하게 분위기를 띄워야 하나
야호하고 뒤집어야 하나

아 떨려

그가 울어대면
좋은 일이 달아날 거라고
나무위키는 당당하거늘

그렇더라도
부디 고요하지 않기를

농약 먹은 수초를 우렁이가 먹고
우렁이를 삼킨 따오기가 몸이 비뚤어지기도 한다는

저 사연

재어야 해서
오도카니 앉아 두리번거리는 것이다

## 그들의 웃음은 수정되어야 한다
— 수석水石 유감

그 삭막한 이별을 하고
여기에 있는 것은
길을 물을 수 없기 때문이다

조금도 어쩌지 못하고
엎드려 있는 것은
그 길을 물을 수 없기 때문이다

문 틈 사이로 바람이 들어오기는 하지만
비린내를 담지 않아 낯선 곳

웃어준들

아니야
더 더 한층 낯선

잎 많은 풍란이 느리게 흔들리던
그 자리

무수한 살을 안고 취하곤 했었지

소금기 머문 땅을 적시던
까레이스키의 눈물을 기억하지 못하는가

의순공주의 구부구부 능선은 서럽게 사라졌는데

너무나
많은
잘못된 양심이 아닌가

거둬들여야 한다

그들의
다정한 웃음은 어서 수정되어야 한다

# 엄마 시가 때렸어

문설주에 눈썹을 매달았다*는
시인이 있었다

문짝 끼워 다는 기둥에
나비도 아니고 눈썹을 매달다니

유월절 어린 양의 피 바르는
먼 나라 백성들
얘긴 들어봤어도 눈썹을 매다는 건
금시초문

그 눈썹 장맛비에도 무너져 내리지 않는
논둑처럼 단단했을까

형체가 없는데도 힘이 세다
힘껏 흉내내어보지만

내 것이 될 수 있을까
문설주 그 눈썹에

마스카라라도 칠할 수 있을까

속눈썹이 간질거렸다
세게 비볐더니 눈이 사라졌다

아프다
너무 아프다

엄마 시가 때렸어

* 장옥관 시인의 「눈썹나비」에서 가져옴.

# 시 창작은

간장 아닌 긴장 가져와 낯설게 만들고
빨래처럼 비틀고 뒤집고 까집고

젖은 마음은 얼른 세탁소에 맡기고
무조건 에둘러 천천히 가기

일상의 잡사에 머물지 않고
작은 개울을 떠나 바다로
검은 바다로

우듬지 바람은 자갈 씹는 소리라는
버드나무의 말을 꼭 붙잡고

모과나무 꽃자리가
열매 맺고 꽃 떨어진 자리라는 걸
뚫어지게 읽는

왜
왜 필요할까

잠꼬대 같은 소리에 답이라도 하듯

나를
열고
닫고
닫고 열고

## 플랜 B

살색이 아니고 노오란색

고장 난 채로 살고 있었어

겨울 초입에 들면서
말문이 막히고
살얼음이 머리 속에서 집을 지었지

아니었나 봐

문틈을 엿보던 갈색바람이 눈을 치켜들었어
거기 모퉁이에 제 집을 지어가며

바삐 흔들리고 있었는데

구름이 이쁜 날은
석양이 이쁘다는 이야기

그런 우둔하지 않은 게 있다는 걸 친구의 친구로부터
듣게 되고는

단호박 꽃을 피우면 될 일이다

급기야
나서는데
문틈 갈색 바람이 뒤따른다는 걸 알게 되었지

우리는
잔뜩 부풀은 가방 안을 들여다보며 친절히 상의했었어

버리기 시작했던 거야

허리만큼 떼쓰던 것들이 빠르게 도망가는 호젓함

플랜 B는

숫자를 무더기로 던지거나 소란피우지 않고
놀래키지도 않았어

대단히 어렵지 않게 버리는 거 였었어

## 이별

스스로 지나야하는 사막

빈 그릇

탱자나무 흰 꽃

# 해설

# 낮은 그리움으로 존재의 소리를 듣다

한 경 희 (문학평론가)

## 1. 사물의 소리를 읽는 시간

시인에게서 건네받은 시집원고를 읽고 나니 몇 가지 주제가 손에 잡힌다. 어느 땅에서 살아도 여성으로 혹은 어머니로 살아가는 신산한 삶은 다르지 않다는 걸 보이는 여성화자가 등장한다. 딸을 둔 엄마 화자는 자신의 엄마를 향해 애잔한 사모곡을 부른다. 누구나 엄마를 부르는 목소리에는 그리움과 아쉬움이 동시에 묻어나기 마련이다. 여성화자는 사모곡을 부르지만 동시에 자신의 품 안에서 딸을 기르며 스스로 엄마라는 주체로 살아낸다. 딸에서부터 할머니까지 여성의 목소리는 세대를 이어서 등장하고 할머니는 손녀의 세대에 가닿는 대신 당신의 세계 안에 머무른다. 할머니가 누릴 수 있는 최고의 호사이자 특권인 셈이다.

고경아 시인의 시에서 가장 강한 인상을 받은 시는 아

무래도 물상을 청각 이미지로 치환해낸 작품들이다. 영어를 쓰는 환경에서 모국어를 또렷하게 부각시키는 일이 청각 이미지로 이어진 것 같다. 이런 면모가 고경아 시인만의 고유한 시 세계를 만들어낸다. 먼 타향살이에 지칠수록 고향의 어머니를 떠올리듯 외국살이가 오랠수록 어린 시절의 고향과 우리말이 더 새록새록 또렷해졌을 것이라 짐작한다. 그리움이 사무치면 그리움에 살다가 그리움이 되고 마는 것처럼 그리워서 그려낸 마음이 시가 되었다. 가을 산사 가는 길을 청각 이미지로 써 내려간 「소리길」은 오래 시를 써온 구력을 잘 드러내는 작품이다. 온갖 소리로 사물의 존재감을 드러내자 평범한 세계가 소리를 통해 새롭게 태어난다.

시에 대한 고백이든 시를 관찰하는 일이든 시를 두고 시인들은 자신을 돌아보기 마련이다. 고경아 시인에게서도 시를 두고 시를 쓴 몇 편이 보였다. 박목월의 「윤사월」에서 드러난 문설주의 이미지와는 생경한 문설주를 발견하고 화자는 시에 완전히 압도된다. 여기서 멈추지 않고 시에 대한 그리움도 풀어놓는다. 누렇게 곰팡내 나는 종이를 누르자 확 당겨오는 그리움과 그리움의 실체를 고백하는 일까지, 시를 쓰고 살아도 시가 그리운 것은 아직 흡족하게 '이것이 시'라는 확신에 다다르지 못했기 때문에 시를 지향하는 것이다. 그 지향이 지속되는 만큼 그리움은 깊어지기 마련이다.

프랑스 파리 몽마르뜨 언덕에도 미국 커피 체인점 스타벅스가 들어섰다는 시에는 '파리 너마저 프랜차이즈 기업을 받아들였나' 하는 아쉬움이 강하게 보인다. 커피를 파는 집 '카페'는 커피의 프랑스어 발음이다. 커피를 애호하는 나라에까지 미국 프랜차이즈가 입점한 사건을 두고 이제 파리 사람들도 그들의 각별한 카페(café)만이 아니라 아메리카노 앞에서 마음을 열었다고 하면 될까? 세계인의 음료가 된 커피는 그만큼 자본에서 자유롭지 못함을 은연중 드러낸다. 자본을 고도로 축적한 도시공간에 고층빌딩이 들어서고 나라마다 고유해야 할 문화까지 자본의 힘으로 동일화되는 중이다.

시인들이 시에 대한 시를 쓰는 것은 시를 통해 시를 말하기 위함이다. 그렇다면 고경아 시인이 시에 대한 시를 통해 펼치려 했던 시론이란 사물에 깃든 청각적인 성격을 극대화하는 데 있다. 존재하는 물상을 청각적인 존재로 바꿔놓으며 일상에서 가닿지 않은 소리의 세계를 열어내려 애쓴다. 눈물이 있는 여성서사와 도시와 비판적인 거리를 시, 그리고 다양한 서정의 흐름은 청각영상을 찾아가는 과정이다. 시의 언어는 사물 그 자체라는 존재성만큼이나 청각영상의 정체성을 부정할 수 없다며 시인은 시어의 청각이미지에 집중했다. 시니피앙이 지닌 음성의 연

속은 청각영상을 지속적으로 발생시키면서 새로운 시니피에의 발견으로 이어진다. 결국 낯선 언어의 탄생을 염두에 둔 시론으로 요약할 수 있다.

## 2. 더 긴장하고 낯설어지는 그리움

어떤 시인의 시집을 보든 시에 대한 입장, 시를 풀어내는 말이 등장한다. 시인의 정체성을 은연중에 드러내는 일이다. 시를 주제로 쓴 시를 보면 시에 대한 시인의 마음이 잘 반영되어 있다. 오랫동안 박목월의 '문설주'는 고정관념을 만들 정도로 단단하게 박힌 이미지가 있었다. 박목월의 문설주에서는 눈먼 처녀가 문설주에 귀를 대고 엿듣는다. 그런데 화자가 발견한 문설주에는 눈썹이 매달린 환기가 일어난다. 그 놀라움에서 시는 직진하고 시인의 시에 대한 각별한 마음이 여기저기서 발견된다.

문설주에 눈썹을 매달았다는
시인이 있었다

그 눈썹 장맛비에도 무너져 내리지 않는
논둑처럼 단단했을까

형체가 없는데도 힘이 세다
힘껏 흉내내어보지만

속눈썹이 간질거렸다
세게 비볐더니 눈이 사라졌다

「엄마 시가 때렸어」

시인들은 시를 말하기 위해 시를 쓴다. 장옥관 시인의 시 한 구절 "문설주에 눈썹을 매달았다"를 데려와 시의 힘에 압도당한 상황을 전개한다. 눈썹을 매단 문설주에서 생각을 떼어놓지 못하다가 그 눈썹에 대한 생각은 의문으로 굳어진다. 문설주에 매단 눈썹을 읽자마자 그 시 한 줄에 충격을 크게 받은 것인데 이 상황을 '엄마 시가 때렸어'라며 동화적으로 풀어간다. 시구절에 압도된 생각은 시 창작의 바탕이 된다. 시는 뻔한 물상을 뛰어넘어 새로운 세계를 열고 낯섦으로 인도하는 힘인데 화자는 '문설주에 매단 눈썹'에서 특별한 에너지를 느꼈고 놀랐다. 언어의 울림은 속눈썹이 간질거리더니 곧 사라지고 마는 상황까지 닿는다. '문설주에 눈썹을 매달았다'는 시에서 받은 충격은 '시에 얻어맞았다'는 솔직한 파격으로 나타난다. 시에 반응한 시심, 표현에 놀란 마음과 감상이 어우러져 시 창작으로 이어지는 과정을 잘 볼 수 있다.

희뿌연 곰팡내 서려
건드리면 버석하고 눌러앉을 것 같은 종잇장

눌러 보았다

아
시였네
못 박은 금서가 아니었네
그리움이 아니던가

「그리움이 아니던가」

시는 그리움의 다른 이름임을 그리움을 풀어가며 잘 드러낸 작품이다. 시는 '그리움이 아니던가'라며 일정한 거리를 유지하면서 거리만큼 그리움을 확장한다. 시가 그리움인 줄 모르고 있다가 그리움의 진원지라는 걸 알게 되면서 시는 그리움이라고 당연시한다. 졸면서도 놓지 않고 부여잡은 그리움은 삭은 종이처럼 내려앉을 것 같은데 그래도 그리움은 풀리지 않는다. 못 박아서 그만 닫아둔 금서처럼 풀리지 않을 듯하던 그리움은 그리움 그대로 그리움으로 발견되었다. 다만 그리움이 무엇인지 드러나면서 반가운 기다림은 시작된다.

꽃 같은 사랑이 끝나고 하는 일이란 / 하루도 빠지지
않고 우는 것이다 / 달빛에 입술을 묻어보는 것이다

스스로 친 올무가 / 섬세하게 몸부림치면서 / 또 어떤 채비를
하더라도 / 잠든 들풀의 고통을 눈치채지 못하는 것이다

시 쓰는 곳으로 걸어가는 것이다

「사랑이 끝나고 하는 일이란」

'시 쓰는 곳으로 걸어가는 것이다'라는 시구에 함축된 시인의 마음과 사랑 이후의 행위 일체가 시 창작에 집중된다. 사랑은 시 쓰기 위한 전 단계의 의미이며 시로 토해 놓을 언어들이 모여들어 곧 배치가 시작될 긴장의 상태이다. 시 쓰기는 '하루도 빠지지 않고 울거나', '달빛에 입술을 묻어보는' 데까지 나아간다. 시 쓰는 과정을 울음과 침묵의 은유로 묘사한다. 검은 입이 되어 검게 앓은 것처럼 시 앓이에서 시작해 시 쓰기로 나아간다. 하루도 빠지지 않고 울거나 달빛에 입술을 묻는 일은 시 창작의 다양한 과정으로 읽을 수 있다.

우듬지 바람은 자갈 씹는 소리라는
버드나무의 말을 꼭 붙잡고

모과나무 꽃자리가
열매 맺고 꽃 떨어진 자리라는 걸
뚫어지게 읽는

「시 창작은」

시 제목처럼 「시 창작은」의 구체성이 드러나면서 시 창작의 필연성이 더욱 자세하게 나타난다. '우듬지 바람이 자갈 씹는 소리'나 '버드나무가 하는 말을 붙잡는' 일이 결국 시 쓰는 일이다. '나를 열고 닫는' 그리고 동시에 여닫는 중의성은 반드시 '시 창작'으로 연결된다. 모든 시인은 그렇게 객관적인 언술의 나열에서 시 창작의 힘을 다진다. 자갈을 씹거나, 꽃 떨어진 자리를 기약하는 것은 인내의 시간 속에서 의미를 모색하며 다시 시 쓰기를 이어가는 것이다. 시 쓰는 일은 익숙한 사물들을 낯설게 만들면서 일상과 상식을 넘어서는 일이다. 작은 개울로 흐르던 말이 일상을 벗어나 바다로 가되 '검은 바다'로 간다. 검은 바다는 바다의 성격을 규정할 수 없는 세계이다. 언어유희로 비치는 간장 혹은 긴장처럼 시의 언어는 사전적 어의 질서를 벗어나 있다. 버드나무의 말이라며 '자갈 씹는 소리'를 전하는 행위가 바로 시 쓰는 일이다. 세계와 만나면서 나는 열리고 닫히고, 닫히고 열리면서 세계를 만들어간다. 시인이 '왜 필요한가'를 내심 묻지만 이 질문은 시 창작의 목적을 모르는 질문이 아니라 이미 의미를 알고 확인하는 과정이다.

### 3. 세상의 사물에서 발견해낸 소리

시인의 시에서 유독 강렬한 이미지는 청각 이미지이다. 아마 특별한 이유가 있겠지만 「백혜선 '라발스'」라고 단정하기엔 근거가 없다. 모국어가 귀한 환경에서 시를 써 온

까닭도 있겠다. 청각영상이 갖는 언어의 특징이 문자조합으로 구성되는 언어배열보다 우위에 있기 때문만은 아닐 것이다. 가을이 온 가야산과 산속에 든 산사를 써 내린 시는 음표를 달고 있는 악보처럼 연주되는 듯 청각적이다. 마치 가을은 소리로 이루어진 계절이라고 규정할 수 있을 정도로 낯선 세계를 그려낸다.

소리를 밟는다
도토리 떨어지는 소리
갈나무 잎사귀 입술 비비는 소리
입 없는 바위 끌어안고
피어오르는 물소리
구름을 묻힌 부리로 빗는 새소리

밟는다 천길 만길
흐린 구름 가른 햇살이 피우는 들꽃의 숨소리
낡은 기왓장 아래 대장경 외우는 고색 풍경소리

발등에 얹혀
저절로 걸어가게 하는 산길
가야산 홍류동 속옷 속
숨은 소리길

「소리길」

가을을 알리고 가을을 드러내는 동력은 소리로 모여든다. 소리를 통해 가을을 표현하려는 의도가 있다. 모든 사물이 소리로 존재감을 드러내며 소리를 통해 구체화 된다. 살아있는 모든 것, 가을에 접어드는 물상은 소리를 통해 존재를 발현한다. 가을은 다시 더 넓고 우아한 소리로 열린다. 가을길에 들리는 소리는 도토리 열매 떨어지는 소리부터 낙엽으로 떨어진 이파리들의 소리, 바위를 안고 흘러가는 가을물 소리, 구름을 물었다가 우짖는 새소리, 들꽃의 숨소리, 산사의 풍경소리까지 이어진다. 소리는 더 낮고 더 담담하게 가을로 가고 소리를 밟아서 산사에 이르자 가야산 홍류동 깊은 계곡에도 가을이 시작된다. 가을 물색을 소리에 집중해서 담은 작품이다. "발등에 얹혀 저절로 걸어가게 하는 산길"에 이르면 가을산을 걷고 있는 발걸음은 깃털처럼 가볍고 경쾌하다. 발이 아니라 길이 걷게 하는 역설에 닿는다.

갈참나무 잎새가 서걱거립니다

아우르던 때가 / 먼 계절의 이야기가 아니었는데

잦았던 시선들 눈 돌린 / 어느날

바람을 가슴에 안고 / 털썩

주저앉아버립니다

「가을색」

「가을색」에 이르면 가을 풍경의 청각 이미지화가 더 지엽적으로 구체적으로 일어난다. “바람을 안고 마침내 무너져 내린 가을색 유별스레 서걱거립니다” 가을에 색이 보태진 합성어는 의미를 특정할 수 없다. 가을로 인해 이뤄지는 모든 것의 현상을 '색'으로 표현한다. 사물의 현상을 색으로 드러내면서 특징을 더욱 구체화하겠다는 시인의 의지로 읽힌다. 봄, 여름, 가을, 겨울의 순환질서를 가을에 비로소 알게 된다며 가을을 '털썩 주저앉아버리는' 것으로 특정했는데 이때 받아들이거나 앉아버리는 것은 같은 의미이다. 받아들이거나 주저앉는 것은 모두 '마침내 무너져내리는' 가을에 닿는다. 가을을 대표하는 소리로 '서걱거리다'가 압도적이다. 서걱거리는 소리에서 가을의 오롯한 성격이 드러나기 시작하고 그 서걱거림은 가을을 대변할 특징이 된다. 그러니 소리를 시각화시켜내기까지 서걱거림은 가을을 한결 깊어지게 하는 매개가 된다.

들꽃 피는 소리를 들었기에
들꽃이 좋았습니다

마른 꽃대 몇이 쓰러지면

그 아래 가만히
서리 딛고 피는 복수초는 꽃잎부터 내지릅니다

여름 들판이
고스란히 밤을 세운 듯 합니다
쥐똥나무
눈썹이 새하얗습니다

「들꽃」

들꽃의 개화를 청각으로 표현해내는 작품이다. 들꽃들의 개화, 복수초, 크로커스, 쥐똥나무 꽃들이 피었다가 지면 꽃댕강나무 낙엽소리가 가을을 알리고 다시 눈 오는 겨울이 되면 눈꽃이 피어난다. 자연순환 속에서 다시 꽃 피는 소리를 기다린다. 초봄 누구보다 이른 꽃을 피우는 복수초의 꽃잎은 피지 않고 '내지르는' 소리가 된다. 사람의 손이 닿지 않아도 들판에서 때가 되면 때에 맞춰 피어오르는 꽃들이 아름답다. 하품하는 크로커스, 코끝이 발그레한 술패랭이, 눈썹이 하얀 쥐똥나무는 봄이 완연한 자리에서 핀 꽃들이다. 여름으로 가는 자리에 쥐똥나무는 본격적으로 하얗게 꽃을 피우는데 여름이 지나가면 낙엽지는 소리로 들꽃들은 계절에 반응한다. 꽃댕강나무의 가을을 알리는 소리, 가을에 들어도 서리는 쉽게 내리지 않는다.

그리고 겨울이면 꽃 진 자리에 눈꽃으로 피는 눈꽃을

보자고 말라버린 꽃대를 그대로 둔다. 겨울날 꽃을 기다리느라 가을 들판의 꽃대는 그대로 가을이다. 말라버린 꽃대의 부활을 기약하는 겨울을 기다린다. 겨울이 찾아와 눈부신 눈꽃이 피면 눈꽃을 보러온 새들의 소리 속에서 다시 봄을 알리는 소리가 일어난다. 겨울 한가운데 눈꽃 속에서 봄이 다시 꽃을 준비하는 일을 감지하는 것이다.

쏟아지는 별을 가슴에 안아야 하는 것도 아니며
긴 세월을 지새자는 뜻도 아니다

그 섬에서
둘이서만 산다면

비올라 소리는 들을 수 있겠다

「비올라 소리는 들을 수 있겠다」

「비올라 소리는 들을 수 있겠다」에 이르면 소리의 지향점이 확연하게 드러난다. 청정하게 홀로 고음의 소리를 애써 유지하거나 육중한 저음의 소리를 찾아가기만 하지 않는 조화의 소리를 조율한다. 바이올린과 첼로 사이의 그 중저음의 안정감과 두 악기를 받쳐주는 조화의 힘이 바로 비올라가 가진 덕이다. 비올라는 바이올린에 비해 음역이 낮기 때문에 독주보다는 합주에서 멜로디보다는 화음을 내게 된다. 비올라는 바이올린 보다 크고 현도 길고 굵어서 음역도 낮다. 비올라는 대체로 독주보다는 협주를 하는 경향이 있다. 비올라의 특징을 알고 이 시를 보면 바이올린과 첼로 사이에서 음역을 잡아주고 화음을 내는 비올라의 상징을 짐작할 수 있다.

남쪽 끝 어느 섬에서 이름도 묻어두고 살아보자는 마음은 비올라와 닮아있다. 단지 둘이서 누구의 방해도 없이 심지어 이름으로 일어나는 문제들을 덮어두고 살자는 것이다. 평생을 함께하자는 말도 아니다. 마음이 일으켜 세운 사랑, 그 마음이 이끄는 대로 마음이 허락하는 대로 서로의 마음을 의지해서 아무도 모르는 공간에서 함께 있자는 것이다. 둘 사이의 진실만이 남아 진실로 충만할 때 비로소 들을 수 있는 소리를 비올라로 특정한다. 진실한 내면을 가진 사람의 사랑을 비올라의 화음으로 담아낸다.

## 4. 빌딩 숲과 스타벅스의 도시

도시의 욕망은 초고층 건물로 대변된다. 상업 중심의 도시는 초고층 건물이 숲을 이루고 그 도시를 건설하는 사람들의 욕망은 하늘 높은 줄 모르고 고공행진 한다. 그 빌딩 숲에는 세계적인 프랜차이즈 기업들이 둥지를 튼다. 국경은 문제 될 것이 없다. 자본의 손은 초고층 숲과 나란히 함께 간다. 마천루가 가장 많은 홍콩 그리고 뉴욕, 선전, 우한, 도쿄 등에도 빌딩숲이 우거져있다. 서울도 150미터가 넘는 마천루가 97개나 있다. 이렇게 도시의 빌딩은 하늘 높이 솟고 프랜차이즈 기업은 타국의 고유한 문화를 아랑곳하지 않고 둥지를 튼다. 파리 몽마르뜨에 스타벅스가 입점한 사실을 알린다.

몽마르뜨 언덕에
스타벅스가 들어온다는 소문

주민들이 퇴치금 마련에 애썼으나
가당치 않아
스타벅스 몽마르뜨점은 그만 탄생하고 말았다는 이야기

어쩌고 해봤자 소용없었고
버젓이 그 언덕에는
초록 눈을 가진 세이렌이 버티고 말았다

버터냄새 짙은 빼갈거리에
가난한 여백이 판을 치고 있었다

파리 코민은
한 점 허투루 할 수 없는 너와 나 우리

몽마르뜨 언덕에

번지 하나 꼽사리 뜬은
참 어이없는 아메리칸 커피가게

「스타벅스 몽마르뜨점」

파리의 몽마르뜨 언덕은 예술가들의 본거지인데 이곳에 미국 프렌차이즈 스타벅스가 입점을 한 것이다. 프랑스는 고유의 문화를 지키기 위해 미국의 상업적인 문화와 거리를 두는 정책을 펴왔지만 이제 손을 들고 말았다. 영어 외래어 대신 불어를 끝까지 고수하며 미국화를 경계했었다. 그런 프랑스가 스타벅스를 수용했으니 이제 미국 상업문화가 어디든 가지 못할 곳이 없음을 단언하는 사례이다.

엄밀하게 수입 농산물은 수입한 나라 땅을 빌리는 정도는 된다. 땅에서 생산되는 것을 땅 없이 누릴 수 있기 때문이다. 그런데 시인은 몽마르뜨의 스타벅스 사건을 남의 땅의 점령으로 읽는다. 주민들까지 애써 스타벅스를 막아보려 안간힘을 썼으나 자본의 힘을 감당하지는 못한다. 스타벅스의 로고인 초록 눈동자의 세이렌이 이미지로 등장한다. 이때 세이렌은 그리스 신화에 나오는 바다의 요정이지만 실제로 창업자는 세이렌의 유혹에 홀려 많은 사람들이 오도록 하겠다는 의지를 실었다. 그 세이렌이 몽마르뜨에서 사람을 불러 모은다.

'가난한 여백'으로 표현한 뻬갈거리에 들어선 스타벅스와 대조를 이루는 것은 르 콩숼라이다. 몽마르뜨의 가난한 예술가들이 아끼고 사랑한 르 콩숼라는 프랑스 파리의 고유한 전통을 한껏 가진 공간이다. 유명한 화가들이 애용했던 이 공간은 역사의 한 장면이 되어 있는데 스타벅스는 대조적인 공간으로 놓인다. 파리코뮌은 1871년 독일에 패배한 프랑스 정부군에 의해 파리 민중들이 죽으면서 결국 패배한 민중봉기가 되었다. 그 첫 봉기가 몽마르뜨 언덕에서 있었으니 스타벅스의 개점은 아이러니를 부른다.

범어동 59층 마천루

바벨을 본뜨고 있구나

겹 없는 도시여 부디

「겹 없는 도시」

대구 범어동에 59층 높이의 마천루가 있다. 하늘마루로 불리는 아파트는 마천루를 현실화시켜낸 것이다. 마천루는 하늘을 긁는 높은 건물이라는 의미인데 인간이 하늘에 닿고자 하는 욕망의 실현을 보여준다. 도시 빌딩들, 초고층 빌딩은 우리 욕망을 채우고자 겹 없이 바벨을 흉내낸다. 인간이 도시에 갇히거나 도시화 되면서 도시는 더욱 확장되지만 반 인간, 비인간의 공간으로 변화했다.

바벨탑은 고대 바빌로니아 사람들이 건설했다는 전설 속의 탑으로 바벨은 히브리어로 '혼돈'이지만 '신들의 문'이라는 주장도 있다. 흙을 구워 벽돌을 만들고 벽돌로 건물을 쌓아 올려 도시를 만들어 하늘 높이 탑을 지었다. 창세기에 따르면 "어서 도시를 세우고 그 가운데 꼭대기가 하늘에 닿게 탑을 쌓아 우리 이름을 날려 사방으로 흩어지지 않도록 하자." 천국에 닿으려고 탑을 계속 쌓는 인간의 오만함을 방지하고자 인간의 말을 다양하게 만들어 흩어지게 하여 더 이상 탑을 쌓지 못한다. 신들이 거주하는 세계에 감히 인간이 범접하려다가 혹독하게 그 과보를 받는 이야기이다.

그러나 도시의 빌딩 숲은 바벨탑 신화를 비웃듯 하늘을 향해 높이 솟아오른다. 두바이의 829미터의 탑이나 상하이 632미터 타워 등은 자본과 종교문화를 집약해둔 건축물이다. 이렇게 인간의 욕망은 바벨탑 신화쯤은 아예 무시하고 신들의 문을 두드리는 중이다. 시인은 '겁이 없는 도시'라며 도시빌딩과 비판적인 거리를 유지한다.

노팅 힐의 난장 옆
꽤 세련된 색깔의 파란색 대문이 있습니다

보스턴 체스넛 힐에는
사랑의 메신저가 있습니다

가와바타 야스나리의 설국이 시작됩니다
도쿄 남자 시마무라는 눈 고장 온천에서
어린 게이샤를 추억합니다

대구 수성교 뒷골목
대도양조장이라는 수제 맥주 가게에는
김광석이 불러 모은
팔도 사투리가 거품처럼 엉기곤 합니다

지구촌 장터는
내일이면 비바람에 흔들릴
들꽃같은 이름표를 붙이고 버스킹을 이어갑니다

「어떤 객관성」

노팅 힐과 보스턴 체스넛 힐, 설국, 대도양조장의 공간들이 연마다 펼쳐지다가 다시 우리 집이란 공간으로 수렴된다. 노팅 힐은 로맨틱한 영화로 소문난 공간이지만 관광객과 이주민이 모여 난장축제가 벌어지는 곳이다. 보스턴 체스넛 힐에는 꼬리 흔들기가 특기인 헨리가 사랑을 전달하는 메신저가 된다. 야스나리 소설, '설국'의 무대에서는 어린 게이샤가 사랑을 건네는 메신저이다. 수제 맥주를 파는 대도양조장에는 김광석을 사랑하는 사람들이

팔도에서 모여든다. 이 모든 사랑은 메신저가 있어 가능하다.

낙과만 먹는 피앙새, 꼬리를 잘 흔드는 헨리, 어린 게이샤, 김광석이 불러 모은 사람들은 사랑을 알고 사랑을 나누는 사람임에 틀림없다. 이 공간과 질적으로 다른 우리 집이란 공간이 등장하면서 깨알처럼 작은 꽃 베일이 새로운 메신저 역할을 감당한다. 우리 집으로 수렴되는 공간으로 지구는 하나의 마을이 되어 거리공연이 이어진다. 지구가 하나의 장터가 되면서 '뻔히 떠밀려가는' 우리의 현실을 쓰고 있다.

## 5. 어머니라는 자리에 다다른 딸

여성서사의 곡진함이 잘 드러나는 시는 '딸-엄마-할머니'로 이어지는 세대의 무게를 한 작품씩 담아낸다. 고향의 어린시절을 추억하면서 고향으로 대변되는 어머니를 호출한다. 어머니는 시집간 딸의 입덧을 걱정하며 출산을 도와주지만 태어난 손녀가 건강하지 못하니 어머니 심장이 타들어 간다. 그 어머니의 노심초사를 아는 여성화자 그녀 역시 딸을 둔 엄마가 되어 살아간다. 그리고 어머니를 그리워하며 어머니를 기억하면서 스스로 어머니 자리를 지켜낸다.

눈을 타고
고향소식이 내려옵니다

샛바람에 개나리가 몸살을 앓고
새내기들이 토끼처럼 뛰어다닌다구요

첫 교복을 입혀주시던 날
새하얀 칼라에 얼룩이라도 베이면 어쩔까

엄마 치마에서는 김치 향내가 솔솔 피었지요
첫 아이 가졌을 때 그 향내가 머리에서 떠나지 않아
온통 애를 먹었습니다

켜켜이 배내옷 꾸리시고 이역에 오신 엄마는
입덧으로 어눌해진 딸을 안고 우셨습니다

손녀아이 심장에
구멍이 있다던 의사가 원망스러워 우셨습니다

아이는 세 살이 되고서야
고른 숨을 뱉기 시작했는데

이제 됐다
첩첩이 구겨지셨던
엄마의 심장은 아직도 까맣지 않으실까요

「대답하면 될는지요」

타국에서 오랜 세월 살아온 화자에게 고향의 대명사는 어머니이다. 눈 내리는 날 돌아가신 어머니를 마음으로 보내드려야 하는 아픈 사실 앞에서 어머니와의 추억을 생각한다. 어머니의 딸이었던 화자는 결혼하고 낯선 땅에서 딸을 낳아 기르며 자신도 어머니가 되어 한 생을 살았노라 회상한다. 누군가의 어미가 된 딸은 여전히 자신의 어머니와의 이별에 마음을 조리고 아파한다. 어머니와의 사별은 칼로 도려내는 듯한 아픔과 통증이 있는데 그 아픔을 그대로 안고 여전히 엄마로 살아야 하는 처연함도 잘 드러난다.

눈이 내리자 눈에 묻혀서 옛 고향 추억이 떠오른다. 개나리와 함께 봄이 오면 새내기들도 토끼처럼 뛰어다녔다. 화자도 새내기가 되어 새 교복을 입고 빳빳한 칼라에 얼룩이라도 묻을까 목을 곧추 세우며 등교를 준비한다. 엄마의 치마에서 나던 김치냄새는 입덧까지 따라와서 힘들기도 했다. 그런 김치냄새가 몸에 밴 엄마는 이역만리 딸네 집으로 와 입덧하는 딸을 대신해 운다. 그렇게 태어난 손녀는 심장에 구멍이 있어서 서럽게 또 울었던 엄마, 손녀가 세 살 무렵 숨이 고르게 되자 엄마는 이제 됐다며 안도의 숨을 쉬게 된다. 딸로 태어나 학교를 다니고 혼인을 하고 엄마처럼 아이를 가지고 그 아이를 낳아 기르며 고생한 이야기는 "엄마의 심장은 아직도 까맣지 않을까"에다 녹아있다.

이 시는 돌아가신 엄마와의 이별을 두고 아파하는 화자에 집중되어 있다. 엄마의 딸로 태어나 혼인하고 딸을 낳아 기르며 딸의 엄마가 되었지만 자신의 엄마와의 이별에 힘들어한다. 눈은 더 많이 내리는데 그 엄마를 이제 영원히 보내야 하는 화자는 보내지 못하는 마음을 그대로 드러낸다. 세월을 따라 엄마는 가고 다시 딸을 둔 엄마의 자리로 돌아가 엄마가 되어 살아간다. 엄마라는 존재가 감당해야 하는 삶의 무게를 드러낸다. 딸로 태어나 엄마의 사랑을 받고 살면서 다시 딸을 낳은 엄마가 되는 엄마의 자리는 엄마를 그리워하면서도 엄마가 되어 살아야 하는 삶을 보여준다.

어린년이 속살을 드러낸다고
손녀딸 민소매 블라우스를 아궁이에 던져버린
다음 날에도
삶은 강냉이를 치맛자락으로 감추다가 실례를 했습니다

마루 끝 햇살을 비집고
장롱 안에서
깊은 잠에 드신 할머니

할머니의 오후가 심상치 않습니다

열여덟에 시집 온
호두나무 장롱에
새색시의 수줍음이 헤아릴 수 없이 부풀어 오릅니다

팔색우주
할머니의 호두나무 장롱은 늘 화려했습니다

「할머니의 우주」

치매 걸린 할머니의 일상을 관찰하며 할머니의 삶을 잔잔하게 들여다보는 작품이다. 할머니의 노심초사와 할머니의 깊은 마음이 어디로 흘러가는지를 드러낸다. 당신은 젊은 새색시 시절에 상상도 못 했을 민소매 옷을 손녀가 입을까 없애버린다. 살이 드러나는 옷을 입어서는 안 된다는 강한 경계와 주의를 담고 있지만 당신의 젊은 시절에나 엄하던 풍속이다. 할머니는 손녀의 시대는 안중에 없고 이해할 수도 없어서 아주 심각하다. 손녀의 민소매 블라우스는 다급하게 처리해야 할 일이 되었기에 할머니는 그 옷을 아궁이에 던져버린다. 할머니는 여전히 할머니의 시대를 할머니의 속도로 살아가시는 중이다.

삶은 강냉이를 치맛자락에 감추다가 장롱바닥이 흥건해질 정도로 소변 실수를 하고는 강냉이 탓을 한다. 소변을 참을 수 없어 실수를 하는 일이 일어나고 그리고 그 일을 잊어버린다. 마땅히 할머니가 한 일이 될 수 없다며 하얗게 지워낸다. 도저히 당신에게 일어날 일이 아니므로 당신 자신도 상상할 수 없는 일이 된다. 당신의 행동을 기억하지 못하고 아무렇지 않게 강냉이에게 탓을 한다. 할머니의 우주에는 망각의 강이 흐른다. 할머니가 원하든 원하지 않든 망각은 다시 기억으로 살아나지 않을 기세로 도도하고 힘이 세다.

할머니는 당신이 실수한 일조차 알아채지 못하는 '팔색 우주'에 가 있기 때문이다. 이때 팔색 우주는 할머니가 자주 잠드는 장롱이 되기도 하고 치매로 세상을 바라보는 유아적인 세계로도 해석할 수 있다. 마루 끝에 햇살이 비칠 무렵 장롱 안에서 잠이 드는 할머니, 할머니는 열여덟에 시집올 때 해온 호두나무 장롱과 동일화가 일어난다. 새색시 시절 그 부끄러움과 많은 이야기가 장롱에 고스란히 담겨 있기 때문에 할머니는 그 시절로 돌아가고 싶을 때마다 장롱 안에 잠든다. 할머니에게 호두나무 장롱은 팔색의 우주가 되어 할머니를 받치고 있다.

지나간 시간에서
어서 나왔으면 해

어느 것이나
길어지면
얇아지고 작아져버리는 것

다음을 위해서라도
늦지 말아야 하는 것이고 지금이어야 한다

「편지-딸에게」

「편지-딸에게」는 과거 어느 시간대에 머물고 있는 딸이 긴 호흡을 뱉아내며 다시 현재를 자각하기를 기원하는 마음이 담겨 있다. “사랑하는 딸아 곧 봄이 올 거야”라며 딸을 위로하고 달래며 긴 호흡으로 과거를 회상하더라도 그 긴 시간을 기다려 줄 사람이 있다는 믿음을 건넨다. 들판의 바람처럼 ‘쉬운 표정’을 배우다 보면 호흡도 그냥 자연스럽게 가능해질 거란 덕담도 보탠다. 이때 호흡은 딸이 살고 있는 삶의 은유이다. 당장의 현실로 돌아오라는 말을 하기 위해 ‘늦지 말기를’ 당부하는 목소리는 딸을 향한 지극한 사랑이다.

## 6. 시 쓰는 곳으로 걸어가며

시인이 애지중지 키워낸 시를 너무 가볍게 읽어낸 것은 아닐까 조심스럽다. 그러느라 시가 가리키는 의미를 제대로 읽지 못했을 수도 있다. 의미는 고정되지 않으니 읽을 때마다 다른 의미로 드러나기도 했는데 읽기라는 과정의 자연스러운 결과라고 생각한다. 그래도 시를 읽는 일은 사물의 본질에 조금 더 다가가는 시간임에 분명하다. 본질 그 자체가 없다는 주장에 동의하지만 지금 당장 본질이란 단어를 포기하면 시를 설명할 수 있는 말이 없기에 임시방편을 선택한다. 고경아 시인의 스스로를 배려하는 시, 소외된 자를 다독이는 시, 편중된 자본의 문제를 서정으로 풀어내는 시를 잘 읽었다.

'잠든 들풀의 고통을 눈치채지 못하고 시 쓰는 곳으로 걸어가는 시인'(「사랑이 끝나고 하는 일이란」)은 자발적으로 시 쓰는 곳을 향한다. 시인이 전사나 투사를 자처하는 것은 아니지만 '황사로 덮인 강을 밟고 하루도 빠지지 않고 울어서 검은 입이 되는' 그 길을 마다하지 않는다. 아니 그 길을 처연하게 걸어가는 지향성을 가졌을 뿐이다. 시인이란 시 쓰는 자리 혹은 시 쓰는 의지의 지속되는 과정에 놓인 것임을 발견한다. 결국 스스로 고통의 감수자가 되어 스스로 올무를 치고 그 매듭에 길들여져도 벗어나려 하지 않는다. 시의 올무와 시의 매듭을 짓는 일이 어색하지만 어색한대로 그 길 위를 서성인다.

_ 저자 약력

고경아 시인은 미국 보스턴에 살면서
우리 이야기가 듣고 싶어서 한국을 오간다
계간지 『문장』을 통해 등단했으며
한국문인협회, 대구문인협회 회원이다.

니즈 시인선 11
그 섬에서 비올라 소리는 들을 수 있겠다
고경아 2022

펴낸날 _ 1판 1쇄, 2022년 7월 13일
1판 2쇄, 2022년 9월 24일

지은이 _ 고경아
발행인 _ 김경아
펴낸곳 _ 도서출판 니즈

출판등록 _ 2022년 1월 4일 제2022-000002호
주소 _ 대구시 수성구 동대구로 336
전자우편 _ kneeds2022@gmail.com
문의전화 _ 010-5192-3558



ISBN _ 979-11-978907-0-3 03810